Em Caruaru, pequena cidade de Pernambuco, viveu Vitalino Pereira dos Santos, um dos maiores artesãos de sua região, popularmente conhecido por Mestre Vitalino. Na sua obra, retratou em pequenas figuras de barro cenas do cotidiano que vivia. Sua cerâmica tornou-se uma das maiores artes populares do Nordeste e parte fundamental da história do nosso folclore.

Vitalino Pereira dos Santos
★1909 †1963

Mestre Vitalino

André Neves

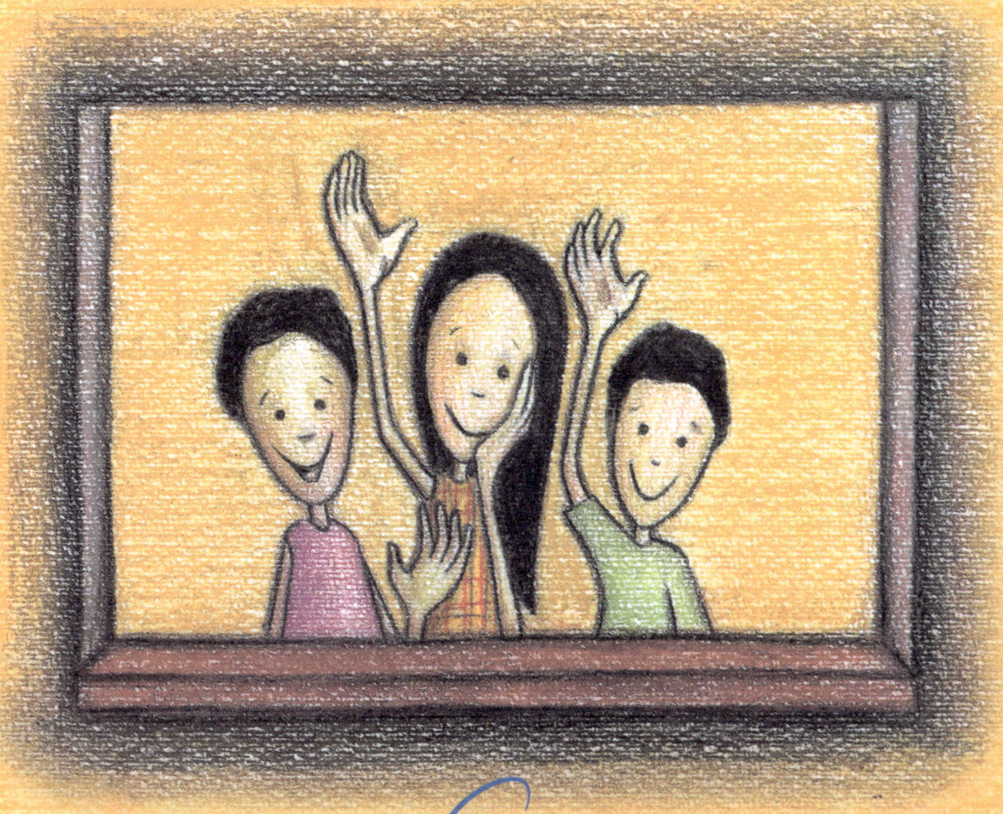

Direção-geral: *Maria Bernadete Boff*
Coordenação editorial: *Maria de Lourdes Belém*
Revisão: *Ana Paula Castellani*
Gerente de produção: *Felício Calegaro Neto*
Direção de arte: *Irma Cipriani*
Ilustrações: *André Neves*
Projeto gráfico: *Adriana Chiquetto*

Dados Internacionais de Catalogação na Publicação (CIP)
(Câmara Brasileira do Livro, SP, Brasil)

Neves, André
    Mestre Vitalino / André Neves. – 8. ed. – São Paulo : Paulinas, 2013. – (Coleção nordestinamente)

    ISBN 978-85-356-3666-6

    1. Livros ilustrados para crianças   I. Título.   II. Série.

13-11724   CDD-741.642

Índice para catálogo sistemático:
1. Livros infantis ilustrados   741.642

Revisado conforme a nova ortografia.

8ª edição – 2013
2ª reimpressão – 2025

Nenhuma parte desta obra pode ser reproduzida ou transmitida por qualquer forma e/ou quaisquer meios (eletrônico ou mecânico, incluindo fotocópia e gravação) ou arquivada em qualquer sistema ou banco de dados sem permissão escrita da Editora. Direitos reservados.

Cadastre-se e receba nossas informações
paulinas.com.br
Telemarketing e SAC: 0800-7010081

Paulinas
Rua Dona Inácia Uchoa, 62
04110-020 – São Paulo – SP (Brasil)
(11) 2125-3500
editora@paulinas.com.br

© Pia Sociedade Filhas de São Paulo – São Paulo, 2000